编 绘 上海市海运局客运船队
《劈浪擒敌》创作组

上海人民美術出版社

劈浪擒敌

连环画文化魅力的断想
（代序）

　　2004年岁尾，以顾炳鑫先生绘制的连环画佳作《渡江侦察记》为代表的6种32开精装本问世后，迅速引起行家的关注和读者的厚爱，销售情况火爆，这一情景在寒冷冬季来临的日子里，像一团热火温暖着我们出版人的心。从表面上看，这次出书，出版社方面做了精心策划，图书制作精良和限量印刷也起到了一定的作用。但我体会这仍然是连环画的文化魅力影响着我们出版工作的结果。

　　连环画的文化魅力是什么？我们可能很难用一句话来解释。在新中国连环画发展过程中，人们过去最关心的现象是名家名作和它的阅读传播能力，很少去注意它已经形成的文化魅力。以我之见，连环画的魅力就在于它的大俗大雅的文化基础。今天当我们与连环画发展高峰期有了一定的时间距离时，就更清醒地认识到，连环画既是寻常百姓人家的阅读载体，又是中国绘画艺术殿堂中的一块瑰宝，把大俗的需求和大雅的创意如此和谐美妙地结合在一起，堪称文化上的"绝配"。来自民间，盛于社会，又汇入大江。我现在常把连环画的发展过程认定是一种民族大众文化形式的发展过程，也是一种真正"国粹"文化的形成过程。试想一下，当连环画爱好者和艺术大师们的心绪都沉浸在用线条、水墨以及色彩组成的一幅幅图画里，大家不分你我长幼地用相通语言在另一个天境里进行交流时，那是多么动人的场面。

今天，我们再一次体会到了这种欢悦气氛，我们出版工作者也为之触动了，连环画的文化魅力，将成为我们出版工作的精神支柱。我向所有读者表达我们的谢意时，也表示我们要继续做好我们的出版事业，让这种欢悦的气氛长驻人间。

感谢这么好的连环画！

感谢连环画的爱好者们！

上海人民美术出版社社长 李新

2005年1月6日

【**内容提要**】 "工农兵"号客轮从温州开往上海途中，搭乘了一个身患重病的渔民。病人上船后，医生发觉他不是真病。民兵排长李望潮和船上的民兵，根据"病人"的种种可疑迹象，开展了一系列侦查活动，发现"病人"原是一个装病外逃的犯罪分子。"病人"真面目暴露后，跳海逃跑，李望潮跃海追击，最终把罪犯擒获归案。

（1）一个冬日的夜晚，开往上海的客货班轮"工农兵"号从温州启航后，过披山，绕七礁，来到台州湾附近。

（2）这时，漆黑的船头甲板上走来一个青年，手拿一只手电筒，全神贯注地在船上巡视着。他就是"工农兵"号党支部委员、水手长李望潮。

（3）小李从部队复员到海运战线后，在船上担任民兵排长。他热爱本职工作，是"工农兵"号的常年岗哨。今晚，他在船上兜了一圈，没有发现什么异常情况，就向值班民警交代几句，回到自己的房间。

（4）他刚脱下棉衣准备休息，突然，寂静的海面上传来"救人啊！救人啊！"的呼救声。小李迅速披起刚脱下的棉衣，一个箭步窜了出去。

（5）小李赶到驾驶台时，看见指导员和船长都在那里。指导员张钧放下手中的望远镜对走上前来的小李说："前面有条小船呼救。这里海面情况复杂，你马上把武装民兵班拉到船头，以防万一。"

（6）小李应了一声，扭转身子，朝甲板上疾走而去。不一会，武装民兵班迅速拉到船头，布置停当后，只见一只航风船绕了一个弯，迎着风，慢慢地靠了上来。

（7）小李闪眼望去，见那小船船头有"金鸟103"字样，便向舱面上站着的一个渔民问道："出了什么事？"那渔民一边落篷，一边指了指舱内说："同志，我们是金鸟岛渔业社的，有一个社员患严重心脏病，想请你们带到上海医治。"

（8）小李一听是要求搭船去上海治病的渔民，心想：渔民有困难，我们理应帮助，便回过身去向张钧请示。张钧沉思片刻，对小李说："如果有单位介绍信，可以上船。"

（9）张钧这里话音刚落，那个渔民已将一张信纸递到李望潮手中。小李展开信纸，只见上面写着："兹有我社渔民陈连福患严重心脏病，转去上海医治，请有关单位安排照顾。"下面盖有金鸟岛渔业公社的公章。

（10）小李一面把介绍信递给张钧，一面在值班水手的帮助下，带缆绳，放软梯，跃下航风船，从船舱里背起病人，踏上软梯，向大船攀登上来。

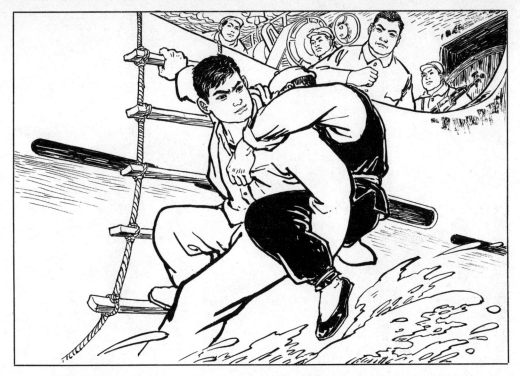

（11）谁料刚攀上大船的船舷，猛地一个涌浪推来，船身一侧，软梯荡了出去。小李连忙抓牢软梯，一手在背后托住病人。

（12）就在这当口，那病人竟在小李的背上迅速伸出双手，一把抓住了大船舷墙；接着又纵身一跃，翻过舷墙，上了甲板。

（13）小李走上大船，又回头问那航风船上的渔民：“你们有没有人陪送？”那渔民面露难色说：“现在正是汛期，人手太紧，因病人上海有亲戚，我们就不再派人了，一路上还请你们帮助照顾。”

（14）小李心想：船上有医生有药品，饮食起居都较方便，与张钧商量几句，也就同意下来，随即从渔民手里接过病人的一个小包。接着，小船升帆，大船动车，各自分头离去。

（15）“工农兵”号继续航行后，张钧对李望潮说：“病人单身一人，我们要尽心照顾，使病人同在家里一样。”小李点了点头，随即来到医务室，对医生介绍了病人的情况，请医生先去看看病情。

（16）医生随同小李到了病人那里，小李一推房门，听得房里传来呻吟声，抬眼望去，病人双手捂住胸口，看样子正是难过的时候。小李俯下身子，亲切地对病人说："老乡，我们给你看病来了。"

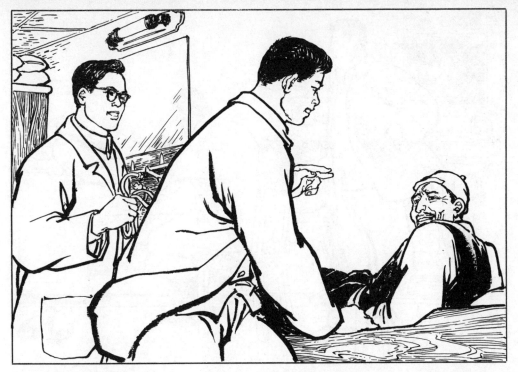

（17）病人闻声转过头来，灯光下，只见此人五十多岁年纪，瘦削的面庞，眉心间一道疤痕，流露出满脸痛苦的表情。他望望小李说："啊呀真是……给你们增加麻烦了。"

（18）医生移过一张椅子，就给他看起病来。医生这里听诊看病，小李那里提壶倒水，热情护理病人。

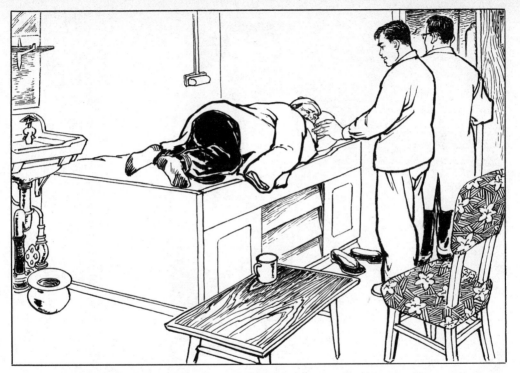

（19）不一会，医生诊断完毕，小李将身上的棉衣脱下盖在病人身上，向病人安慰几句，两人就退了出来。

（20）走上甲板，医生轻声对小李说："这个人心脏跳动正常，查不出心脏病的症状。"他顿了顿又说："这病人也真怪，既然患的是心脏病，可对自己从前吃什么药都讲不清楚，这次出来也没有带任何药品。"

（21）"喔！"小李听罢，心里不由一怔，他联想到病人上船时在软梯上出人意料的迅猛动作，觉得确实可疑，尤其是病人眉心的那道疤痕，更是触动了小李的一桩心事。

（22）原来，李望潮出生在鹰嘴岛的一个渔民家庭，父亲李阿海是当地一个耿直的老渔民。在吃人的旧社会，穷苦渔民"撒千网，撒万网，混不上糊口粮"，李望潮自小就与父母挣扎在饥饿线上。

（23）鹰嘴岛解放前一年的二月十六，大风刮了一天一夜，当地的渔霸吴德沙唯恐误了汛期赚不了大钱，威逼渔民在风头上出海捕鱼。

（24）吴德沙平日奸淫盘剥，无恶不作，渔民们对他恨之入骨，背后都叫他"虎头鲨"。那天渔民们见"虎头鲨"把穷人的身家性命当成儿戏，一个个横眉竖目、紧握双拳，拒不下海。

（25）"虎头鲨"见自己的话没人听，就指令爪牙毒打渔民。李阿海义愤填膺，挺身而出，指责"虎头鲨"。"虎头鲨"恼羞成怒，举起手上的"文明棍"，呲牙咧嘴地朝李阿海兜头打来。

（26）李阿海面对凶残的豺狼，几十年的仇恨化作复仇的怒火，他一手架住"文明棍"，一手抽出腰带上的"开山斧"，对准"虎头鲨"的脑门砍了过去。

（27）"虎头鲨"眼见斧子过来，身子往旁一闪，只听得"啊呀"一声，斧子在"虎头鲨"的脑门上擦了过去。顿时，"虎头鲨"的眉心裂开一道口子，满脸污血。狗腿子们慌忙将他抬了回去。

（28）三天后，"虎头鲨"带领几十个爪牙，如狼似虎般把李阿海架上船，在他身上绑上大青石，投入了怒涛翻滚的大海。李阿海惨遭杀害了，可是这一斧砍开了渔民心头的枷锁，鹰嘴岛从此燃起斗争的火苗。

（29）鹰嘴岛解放前夕，"虎头鲨"为了逃避人民的惩罚，接受了国民党特务机关的密令，在一个月黑风高的夜晚，逃离了鹰嘴岛。

（30）一轮红日出东方，金光照遍黑海洋。鹰嘴岛解放以后，每年的二月十六，李望潮总要听母亲述说一遍家史。这血泪斑斑的阶级仇，李望潮时刻牢记在心头！

（31）小李想到这里，觉得事有蹊跷，连忙折回病人所在的客舱，对在班的服务员小徐说："刚才上来的病人形迹可疑，要勤看望、多'问候'，但不要惊动他。有情况及时报告。"

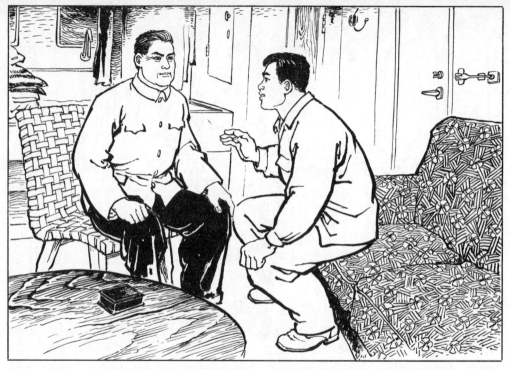

（32）然后，小李大步走到指导员房间，把看病的经过和自己的怀疑，向张钧作了报告。张钧边听边点头说："我也正在奇怪，公社对社员一向关心，尤其是这样一个上了年纪的重病人，竟然不派专人陪送，这可能吗？"

（33）正说着，只见服务员小徐推门进来，她把辫子一甩，急急忙忙地说："指导员，刚才我给病人送毛毯，发觉病人鬼鬼祟祟地在东张西望，我进去后，他还向我打听到上海买火车票要不要证明，真是奇怪！"

（34）张钧听小徐说完，双眉一耸，脸上露出严峻的神色，他郑重地对小徐说："这个病人确实有些不正常，要严加注意。"

（35）小徐走后，张钧站起身，目光炯炯地对小李说："在情况没有弄清楚之前，还不能下结论。我马上拟电报稿，发急电调查；你组织同志们深入观察，一定要在船到上海之前把问题搞个水落石出！"

（36）小李斩钉截铁地说："对！是亲人，我们热情接待；是敌人，叫他有来无回！"说完，两人分头行动。

（37）第二天凌晨，"工农兵"号刚过定海，电报房里响起"滴滴嗒嗒"的电键声。金鸟岛的回电来了。

（38）张钧找来李望潮，告诉他说："刚才接到金鸟岛民兵组织来电，他们岛上老渔民陈连福到上海治病，陈和伴送的同志均被坏人打昏，介绍信被抢，现岛上民兵已擒获一人，另一人外逃，请我们协查凶手。"

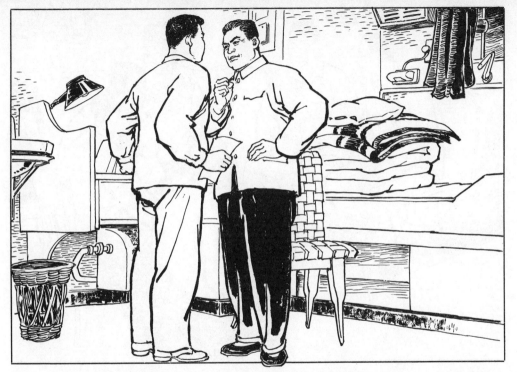

（39）小李接过电报纸，从头到尾看了两遍，不由得浓眉倒竖，双目圆睁，说："指导员，把他'看'起来？"张钧把手一摆说："不忙，我们的船下午才到上海，现在先开支委会研究一下。"

（40）一会儿，船长、客运主任等支委都已到齐，经过研究，决定一方面向船队党委报告，一方面和"病人"直接交锋。小李自告奋勇担当了后一个任务。他把自己的想法跟大家一说，同志们齐声称好。

（41）开早饭的时候，李望潮端了一份早点，精神抖擞地朝"病人"的房间走去。"病人"这时正心神不定地抓着床沿从舷窗里向外张望，一听有人来了，连忙躺了下去。

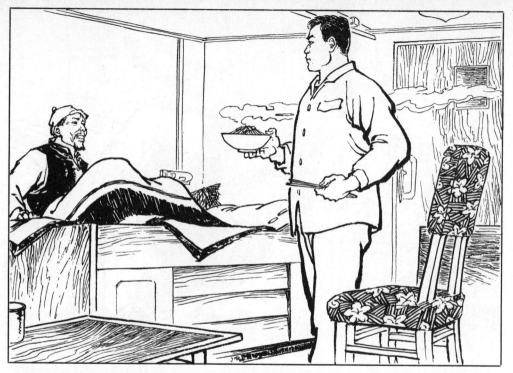

（42）小李推门进去，把早点往桌上一放，向"病人"问道："老乡，这一夜感觉怎么样？""病人"嘴角牵动了两下，笑笑说："船上同志照顾周到，多谢多谢。"

（43）小李接着又问："老乡在海上捕鱼多年了吧？""唉！俗话说：世上三样苦，撑船、打铁、磨豆腐。受苦受难几十年哪！……"说到这里，"病人"眼睛眨眨，坐起身来又补充了一句："解放后总算翻身了。"

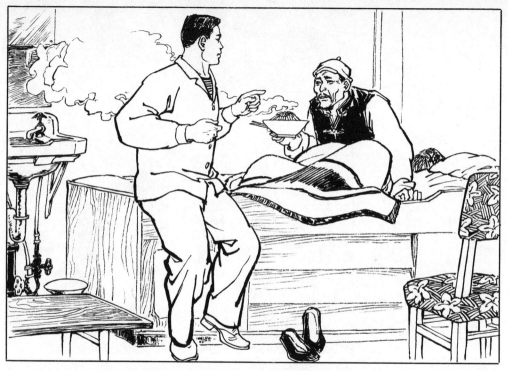

（44）小李听得"病人"话语中夹杂着浓重的鹰嘴岛口音，便问："听老乡的口音好像不是金鸟岛人。""哦，我家世居金鸟岛，不过我解放前曾在鹰嘴岛住过几年。""病人"回答说。

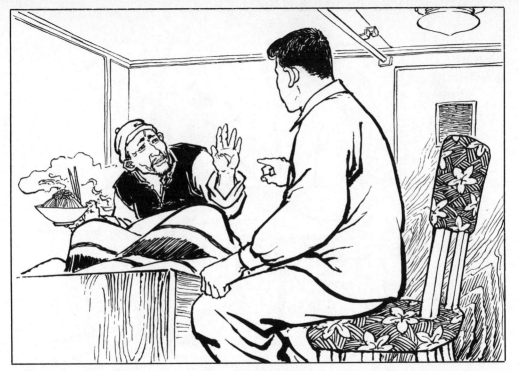

（45）听说"鹰嘴岛"三个字，小李眼睛顿时一亮，他把座椅向前拖动半步，追问一句："老乡解放前在鹰嘴岛待过，那一定知道鹰嘴岛的一个渔霸……""啊！渔霸……不认识，不认识……""病人"慌忙推托不知。

（46）小李目光似剑，紧盯着"病人"眉心的伤疤说："这个渔霸凶恶残暴，鹰嘴岛一带的渔民从小孩到老人，没有一个不认识他的。""病人"浑身一抖，惶恐地朝小李瞟了一眼，喃喃地说："这渔霸的名字？……"

（47）"叫'虎头鲨'！""啊！""病人"本能地捂住眉心的伤疤，脸色铁青，再也说不出话来。

（48）小李看在眼里，心下明白，不露声色地说："老乡身体不好，不多谈了，吃了饭好好休息。"说完，退了出来。

（49）小李找到张钧，向他汇报了刚才和"病人"交锋的经过。张钧紧握着拳头说："不管敌人怎样乔装打扮，他也逃不出人民的天罗地网！"

（50）且不说"工农兵"号上的民兵布下罗网捉鱼鳖，单说这"病人"，果然是渔霸"虎头鲨"。鹰嘴岛解放前夕，他逃到金鸟岛，改名换姓，潜伏下来。妄图依借金鸟岛地处前沿的特点，收集我海防情报。

（51）在这以后的日子里，"虎头鲨"一直提心吊胆，但总算屡屡躲过各种运动。直到这次岛上展开清查活动，"虎头鲨"眼见自己混不下去了，心想：这里不是久待之地，三十六计，走为上策！

（52）他得知渔民陈连福要到上海治病，就勾结岛上一个坏分子把陈连福和伴送的人击昏，抢了介绍信，起篷驾船妄图逃往上海。

（53）"虎头鲨"自以为得计，他原想登上"工农兵"号出逃，可以躲过岛上民兵的追捕。谁料想船上到处是警惕的眼睛，房间里来人不断，盘问不休。他想：定是自己在什么地方露出了马脚。

（54）想到这里，"虎头鲨"再也定不下心来。他抬头望望窗外的海面，发觉已经到了大戢山附近，眼珠骨碌碌一转，盯上了柜子顶上的救生衣。

（55）他听听门外走廊里无动静，便伸手去取救生衣，突然"哐当"一声，门被推开了，一个服务员拿着扫帚、畚箕进来。他内心一惊，连忙把手缩了回来。

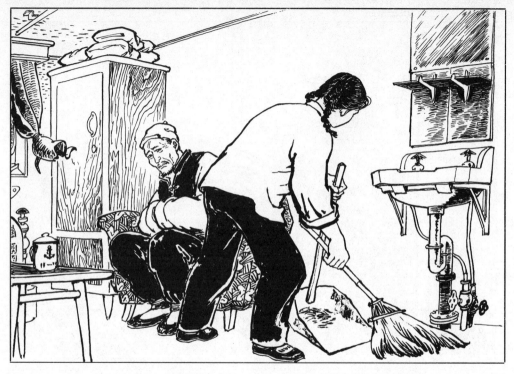

（56）这个动作，被进来的小徐看在眼里。小徐装作没有在意，扫完地，若无其事地走了。

（57）小徐走出房间，找到李望潮，向他报告了假病人的动态。小李明白：敌人妄想跳海逃跑了！他马上带领民兵，向这家伙的房间赶去。

（58）刚刚走出四五步，只听得甲板上传来了一阵喊叫声："有人跳海啦！有人跳海啦！"小李飞步冲出走廊，窜上舷墙，纵身跳下海去。

（59）小李到了水里，双腿一夹，钻出水面，只见百米远近的海面上，那个家伙正在死命地扑打向前划游。小李冒着刺骨的寒冷，追了上去。

（60）"虎头鲨"原想此处靠近陆地，只要拼上个把小时，准能脱身。不料偏是遇着了对手，直吓得手发麻，只在原处打转，再也游不开去。

（61）那小李自幼练就一身水上功夫，不消几分钟，已像出水蛟龙般扑到这家伙面前。"虎头鲨"眼看无路可退，索性把夹着的救生衣推开，像一条饿急了的鲨鱼直向小李扑来。

（62）小李见对方来势凶猛，马上把身子一侧，"虎头鲨"扑了个空。

（63）小李转过身子，伸出双臂，一把抓住他的两条腿，往水下用力扎去。

（64）不一会，只听得"咕！咕！"几声，水面上翻起一串水泡。"虎头鲨"四肢发软，好似一条死鱼漂了上来。

工农共号

（65）小李这边刚得手，其他几个民兵也游了过来，将"虎头鲨"团团围住。这时，海上响起"突突突"的马达声，"工农兵"号的救生艇开到面前，艇上几个持枪民兵，立即把这个浑身打颤的家伙押上了船。

（66）阳光和煦，碧空如洗。"工农兵"号在前往目的地的航道上乘风破浪，继续前进！

图书在版编目（CIP）数据

劈浪擒敌 ／ 上海市海运局客运船队《劈浪擒敌》创作组编绘. —
上海：上海人民美术出版社，2013.6
ISBN 978-7-5322-8507-5

Ⅰ.①劈… Ⅱ.①上… Ⅲ.①连环画—作品—中国—现代 Ⅳ.①
J228.4

中国版本图书馆CIP数据核字（2013）第111203号

劈浪擒敌

编　　绘：上海市海运局客运船队
　　　　　《劈浪擒敌》创作组
责任编辑：康　健
出版发行：上海人民美术出版社
　　　　　（上海长乐路672弄33号）
印　　刷：上海中华商务联合印刷有限公司
开　　本：787×1092　1/32　2.375印张
版　　次：2013年7月第1版
印　　次：2013年7月第1次
印　　数：0001-3500
书　　号：ISBN 978-7-5322-8507-5
定　　价：26.00元

虽经多方努力，但直到本书付印之际，我们仍未联系到本书创作组成员，本社恳请这部分作者及其亲属见书后尽快来函来电，以便寄呈稿酬，并奉样书。